Pierre Léoutre

Le Monde d'Après

Préface

Pendant de longues décennies, le déchaînement capitaliste a été camouflé à travers la machine réformatrice. Désormais c'est à tombeaux ouverts que la classe dirigeante écrase tout sur son passage. Les chiffres de la précarité explosent. C'est une hécatombe pour celles et ceux qui subissent l'impact.

Si la question se posait de connaître « le coût du capital », la crise « Covid » le rend désormais vérifiable, palpable et quantifiable : que ce soit dans le privé comme dans le public, la pression managériale est partout : mépris, vies brisées, fatigues, dépressions, jeunesse déprimée, culture en danger, explosion des troubles musculosquelettiques, surcharges de travail, manque de personnel et emplois précarisés, manque de moyens, captation financière redirigée vers les grandes fortunes, réduction drastique des services publics, dégradation de la prise en charge santé, gel des salaires, augmentation du temps de travail, casse des contrats de travail, licenciements, autoritarisme et violences légalisés, pouvoir des banques... etc. Et dans un même temps, le versement des dividendes aux grands actionnaires bat des records. Voilà la facture du capitalisme !

Cette pièce est une contribution supplémentaire pour sortir du schéma sombre de la concurrence en surrégime sur tous les plans : sociaux, économiques et écologiques.

Comme s'il n'existait plus aucune solution pour faire autrement, cette catastrophe sociale est bercée par le ronronnement soporifique et médiatique général des peurs entretenues comme une « culture » par nos dirigeants. Pourtant, ensemble nous pouvons nous sortir de ce piège !

Le document « Plan de sortie de crise » signé par de très nombreux syndicats et associations, qui a inspiré cette pièce, propose la vision différente d'une société transformée qui ouvre l'espoir. Cet espoir, les organisations progressistes le portent comme un phare, une éducation humaine à perpétuer pour en faire un modèle.

La pièce écrite à partir du document prend volontairement l'angle humoristique pour promouvoir l'espérance de ce monde humainement harmonieux dont nous rêvons toutes et tous.

Car la lutte doit être porteuse de l'expression digne de celles et ceux qui tentent de relever les corps, nous devons en faire une fête. Véritable locomotive, la culture artistique nous met sur les rails de la réflexion pour penser l'après en projets et en progrès social partagés. C'est en tout cas le vœu de l'intersyndicale du Gers : CGT, FSU, Solidaires et du collectif Laïcité 32 qui a pris le parti d'une mise en scène de ce document.

S'il existe une minorité qui opprime les peuples, obligatoirement, en étant les plus nombreux, nous avons majoritairement des moyens optimistes pour renverser la tendance.

Le monde d'après est à nous ! Cette pièce est celle d'un puzzle d'avenir formidable de liberté, d'entre-aide et de solidarité.

Ici, nous contribuons à le construire ensemble pour et dans la paix !

Intersyndicale du Gers

Présentateur : Bienvenue à notre édition de la nuit sur CMM, la première d'infos en continu d'Europe !
Présentatrice : Euh... Édition de la nuit ? Il est 11 heures du matin !
Présentateur : Ce n'est pas grave ! Avec ces couvre-feux, ces confinements, plus personne ne sait quelle heure il est ! De toute façon, l'émission va passer en replay, vous m'entendez, chers auditeurs, il faut qu'on rentabilise le temps d'antenne, vous pouvez regarder notre émission jour et nuit, et même plusieurs fois ! Et n'hésitez pas à nous envoyer vos réactions par mail, par SMS, WhatsApp, Instagam, Telegram, Twitter, etc. Tout ce que nous vous demandons, c'est de ne pas venir nous voir au studio.
Présentatrice : Sauf si vous êtes vaccinés 3.0.
Présentateur : Non ! Je ne veux voir personne en présentiel ! Le Monde d'Après, thème de notre émission spéciale, c'est avant tout la vie en numérique !
Présentatrice : En effet, chers auditeurs, votre chaîne télévisée préférée a préparé une émission spéciale sur le Monde d'Après. Nous avons fait appel aux meilleurs spécialistes français, européens et internationaux afin de vous proposer une analyse pertinente de la situation qui attend désormais notre civilisation.
Présentateur : Et en images qui bougent, de la vidéo top niveau, bien sûr ! C'est autre chose que la presse écrite.
Présentatrice : D'autant plus qu'il faut couper des arbres pour imprimer les journaux, ce qui n'est pas écologiquement responsable.
Présentateur : Alors que nous, il suffit d'appuyer sur un bouton et se mettre devant un écran.
Présentatrice : Et avec la 5 G, bientôt, ce sera encore plus rapide, encore plus en haute définition.
Présentateur : Un jour, nous serons carrément dans votre salon, sous forme d'hologrammes ; aussi forts que Jean-Luc Mélenchon.
Présentatrice : Tu vas un peu loin, là, non ?

Présentateur : Oui, tu as raison ! Les aléas du direct ! Cher public, cher directeur de la chaîne, veuillez m'excuser pour ce dérapage. Et maintenant dix minutes de pub sur les voitures hybrides, avant de vous présenter notre grande émission spéciale sur le Monde d'Après !

Jingle

Un personnage habillé en clown traverse la scène de gauche à droite en tenant un panneau sur lequel est marqué « PUB ».

Présentateur : C'est quand même pas mal, ces voitures hybrides...

Présentatrice : Oui mais est-ce vraiment utile, vu que nous n'avons plus le droit de sortir de notre département à cause de la pollution et des virus ?

Présentateur : Mais tu es folle de dire cela à l'antenne ? Ces annonces automobiles représentent 62,9 % de nos recettes publicitaires.

Présentatrice : Oups ! Chers auditeurs, roulez en hybride ! C'est cher à l'achat mais c'est tellement bon !

Présentateur : Calme-toi, la question automobile fait partie des grands thèmes que nous allons maintenant aborder dans notre émission spéciale.

Présentatrice : On va s'éclater !

Présentateur : Oui. Et mieux comprendre le monde qui nous attend. Comme d'habitude, votre chaîne préférée, au nom si bien choisi, va disséquer l'actualité et vous dire ce que vous avez ce que vous devez comprendre, ce que vous devez faire ou ne pas faire. Surtout, ce que vous ne devez pas faire.

Présentatrice : Nous avons tout calé au millimètre près, vous n'avez aucune chance d'échapper à notre logique implacable. Comme le dit notre collègue journaliste et humoriste Laurent Ruquier, « La TV : l'époque où les fantômes agitaient leurs chaînes a été remplacée par l'époque où ce sont les chaînes qui agitent leurs fantômes. ». Joliment dit, non ?

Présentateur : Pas besoin de vous prendre la tête à réfléchir, avec CMM, vous aurez les solutions en direct, à grande échelle, il suffit de suivre les recommandations de nos spécialistes.

Présentatrice : Première interdiction, éteindre votre télévision. Vous devez écouter attentivement l'intégralité de notre émission.

Présentateur : Sinon, direct une amende de 135 euros. Demain dans votre boîte aux lettres. Nous sommes au courant de tout. Et nous avons noué un partenariat avec les autorités compétentes, donc soyez sages, sinon pan pan le portefeuille.

Présentatrice : C'est le progrès, la fibre, les réseaux, tout, quoi. Big Brother is watching you, pour votre sécurité.

Présentateur : Et quand je vois ce qui se passe en Chine, je me dis que nous avons encore une marge de progression. Message reçu ? Bien. Je vais maintenant vous expliquer le principe de notre émission spéciale, disponible en replay jour et nuit. Comme chacun sait, en 2011, une pandémie mondiale aux origines mystérieuses, mais attribué par certains spécialistes à un accouplement acrobatique entre une chauve-souris et un pangolin, a permis aux sociétés pharmaceutiques mondiales de se lancer dans une compétition effrénée pour trouver un vaccin efficace contre la Covid-19.

Présentatrice : Covid-19, la première d'une longue série de virus qui menace la survie de l'humanité.

Présentateur : Mais qui offre aux investisseurs avisés des perspectives financières intéressantes.

Présentatrice : C'est exact. Mais à condition qu'il reste des gens à vacciner.

Présentateur : C'est un paramètre nécessaire, tout à fait. Mais je suis raisonnablement optimiste sur ce point. Il existe quand même 7,8 milliards d'êtres humains sur notre planète, on peut en perdre quelques millions sans trop faire baisser les courbes de rentabilité. C'est une vérité un peu brutale à dire à l'antenne, mais c'est la réalité.

Présentatrice : Tu es en train de stresser les boursicoteurs, là...

Présentateur : Mais non ! Ce sont des gens sérieux aux nerfs d'acier. Cette pandémie a certes redistribué les cartes au plan international, il est maintenant préférable d'investir sur des vaccins et des masques plutôt que dans des avions mais l'argent n'a pas d'odeur et les bourses mondiales sont tranquilles pour les cinquante prochaines années, nous savons où nous allons. Et grâce à notre émission spéciale sur Le Monde d'Après, nous allons lever un coin du voile pour nos chers téléspectateurs.

Présentatrice : Qui, de toute façon, dans leur immense majorité, n'ont pas d'argent à investir en Bourse. Déjà, qu'ils remboursent à leur banque leur emprunt immobilier ou leurs crédits consommation, et tout le monde sera content.

Présentateur : Exactement. Mais ils ont aussi le droit de savoir. Là est notre devoir de journaliste : dire la vérité au plus grand nombre. D'une façon honnête et désintéressée.

Présentatrice : Notre déontologie prend en compte les pauvres, les classes moyennes qui se paupérisent, les jeunes sans avenir, les vieux en détresse, bref, tout le monde ! Vous saurez tout sur Le Monde d'Après !

Présentateur : Enfin, tout... Nous vous dirons l'essentiel, ce qu'il est utile que vous sachiez. Nous n'allons pas non plus lancer un appel à la Révolution. Plutôt à une soumission volontaire et raisonnable au nouvel ordre mondial.

Présentatrice : Voilà ! Il faut être rai-so-nnable !

Présentateur : Mais, attention : nous sommes un média totalement libre dans une véritable démocratie. C'est pourquoi notre émission spéciale ne se résume pas à une litanie de recommandations obligatoires par des experts en divers domaines. Nous donnerons aussi la parole à ce que l'on appelle des associations et des syndicats, qui viendront exprimer leurs points de vue, leur plan de sortie de crise.

Présentatrice (faisant la moue) : Des associations et des syndicats ? Cela existe encore ?
Présentateur : Mais oui ! Ils sont encore là, les bougres ! Et ils discutent entre eux, ils s'échangent des idées, ils réfléchissent ensemble, ils développent des théories un peu farfelues dont nos experts démontreront assez facilement la dimension vaine. Mais notre émission constituera un véritable débat en profondeur, entre les tenants du monde confortable d'avant et les nécessités du monde d'après. Nous allons bien nous amuser. Entre des utopistes naïfs et humanistes et des experts chevronnés et parfois stipendiés, la soirée promet d'être passionnante, l'équivalent des jeux du cirque à Rome, esclaves contre gladiateurs, ce sera féroce et l'audimat va exploser !
Présentatrice : Oh, trop bien ! Je suis tout excitée !
Présentateur : Mais avant, dix minutes de pub !

Jingle

Un personnage habillé en clown traverse la scène de droite à gauche en tenant un panneau sur lequel est marqué « PUB ».

Présentateur : C'est quand même pas mal, ces voitures hybrides...
Présentatrice (pianotant sur son téléphone portable) : Je m'en commande une tout de suite !
Présentateur : Très bien. Moi je vais attendre les soldes. Et je lance notre premier débat ! Chers téléspectateurs, j'ai le plaisir de recevoir sur notre plateau nos deux premiers invités, pour le premier débat consacré à la santé ! Choix prioritaire logique puisqu'après tout, c'est à cause d'un virus que nous abordons les rives d'un nouveau monde, modernes Christophe Colomb découvrant un continent inconnu ! Car nous, journalistes, malgré nos imperfections, nous avons la volonté de faciliter une réflexion collective sur un avenir possible, imaginable et souhaitable. Nous avons invité sur

notre plateau l'analyste financier d'un grand groupe pharmaceutique international, que je remercie chaleureusement pour sa venue car je sais qu'il est très occupé par son activité professionnelle, surtout en cette période de pandémie mondiale qui n'en finit pas. Merci, Monsieur, mille fois merci !

Présentatrice (pianotant toujours sur son téléphone portable) : N'oublie pas l'infirmière ! Nous avons aussi invité une infirmière. J'hésite entre plusieurs options pour la voiture. *Présentateur :* Ah oui, c'est vrai. Bonsoir Madame.

L'infirmière : Bonsoir à vous deux, merci pour votre invitation. *Présentateur :* Mais donnons d'abord la parole à notre expert en questions sanitaires planétaires. Cher Monsieur, où en sommes-nous ?

L'analyse financier : Tout va bien. Et j'ai même un scoop pour CMM, nous diffuserons demain à tous nos actionnaires une note, le bilan de l'an dernier et les perspectives pour les dix prochaines années. Jamais dans l'histoire de notre multinationale nous n'avions pu afficher d'aussi bons résultats. C'est tout simplement génial.

Présentateur : Merci qui ?

L'analyse financier : Merci les virus ! Non, je plaisante. Ces résultats sont le fruit du travail remarquable de nos équipes de recherche scientifique, associés à une logistique mondiale exemplaire. Je les remercie au nom de la direction. Je remercie également les États, du moins ceux qui ont eu les moyens d'acheter des vaccins à des prix raisonnables afin de protéger leurs populations pendant quelque temps. C'est un succès collectif !

Présentatrice (pianotant toujours sur son téléphone portable) : Oui mais les dividendes et les profits, ce n'est pas pour tout le monde…

L'analyse financier : Écoutez, nous sommes une entreprise, pas une association philanthropique ! Mais il convient tout de même de saluer des résultats scientifiques aussi exemplaires, dans un délai aussi bref. Nous pouvons dire que nous avons sauvé l'humanité. Et cela a un coût, oui. Mais quelle importance ? Et pour le citoyen de base, c'est simplement une révision de ses modes consuméristes : finis les Kinder surprise, le Coca-Cola light et les vacances aux Baléares, achetez en priorité des seringues, des masques et des vaccins ! C'est juste une question d'habitude et vous verrez, le sentiment de bonheur sera de retour.

Présentateur : Les Kinder surprise, c'est ennuyeux, moi j'aime bien...

L'analyse financier : Mais n'ayez pas peur ! Il y en aura toujours dans les rayons des supermarchés. Ce que je veux vous dire, et expliquer à vos téléspectateurs, c'est qu'il faut garder davantage de sous pour la santé. Nous sommes d'ailleurs en négociations avec l'agence française des établissements bancaires pour créer un nouveau produit financier, un livret sanitaire, spécialement pour les dépenses de santé. Taux d'intérêt : 0,01 % ! Parce qu'au rythme où nous allons, la sécurité sociale ne pourra pas toujours suivre, nous allons sortir des nouveaux vaccins tous les ans. Donc, soyez prévoyants, économisez si vous voulez rester en vie.

Présentateur : Finalement, vous êtes une sorte d'humaniste...

L'analyse financier : Je n'irai pas jusque-là et je vous demande de rester poli. Mon rôle est d'exploiter et de pérenniser cette aubaine qu'a été la pandémie de la Covid-19. Le combat contre les virus ne fait que commencer, nous allons le gagner sans trop de dommages collatéraux et ceux qui sont en première ligne dans cette guerre vont beaucoup s'enrichir, ce qui est normal. *L'infirmière :* Euh, moi, en tant qu'infirmière, je suis en première ligne, comme l'ensemble du personnel médical et la crise sanitaire ne m'a pas enrichi. Elle m'a épuisée.

L'analyse financier : Vous jouez sur les mots. Et restez à votre place ! Vous n'avez qu'à faire quelques piqûres par jour à des patients, changer quelques pansements... Non, moi je parle évidemment de ceux qui bossent vraiment en amont. De

ceux qui ont su réagir à cette crise et préparer le nouveau monde, fait de propreté et d'hygiène...
Présentatrice (pianotant toujours sur son téléphone portable) :
... et avec moins de plaisir...
L'analyse financier : C'est votre point de vue ! Bon, maintenant, nous n'avons plus le droit de manger du pangolin et des chauves-souris ; cela vous manque ? Moi, j'adore ces rues des villes sans foule, sans manifestations, sans ces activités culturelles qui nous coûtaient fort cher pour des spectacles auxquels je ne comprenais rien et qui ne me faisaient même pas rigoler. L'ordre sanitaire règne et c'est une bonne chose, croyez-moi. Grâce à des entreprises comme la mienne, les gens sont revenus à l'essentiel. Et ils le font chez eux, ce qui n'est pas plus mal pour la tranquillité publique. Nous avons la paix et nous pouvons nous enrichir tranquillement.
Présentateur : Je vous remercie pour ce descriptif réaliste du nouveau monde. Nous allons demander à notre invitée si elle veut rajouter quelque chose ?
L'infirmière : oui, mes collègues et moi, nous demandons un plan d'urgence pour l'hôpital public. La preuve vient d'être donnée que le système de santé d'un pays peut générer ou au contraire compenser les inégalités. Dans ce système global, l'hôpital public est un outil indispensable pour que l'État puisse garantir l'accès gratuit aux soins de qualité sur l'ensemble du territoire. Il faut en urgence former et embaucher du personnel avec un premier plan de 100 000 recrutements, augmenter les salaires en assurant l'égalité avec les personnels étrangers, supprimer la sélection et créer des places dans les formations de santé, annuler la dette des hôpitaux et augmenter leurs budgets d'au moins 5 %. Ces premières mesures doivent permettre d'améliorer le fonctionnement de l'ensemble des services et d'ouvrir des lits en nombre suffisant au quotidien comme en période de crise sanitaire. Tous les plans de restructuration et de fermetures

de sites ou de services doivent être stoppés et une logique de coopération doit être mise en place.
L'analyse financier : Oh là là, ça va coûter cher !
Présentateur : Madame, Monsieur, pas de polémique ! Merci à vous deux et place à dix minutes de pub !

Jingle

Un personnage habillé en clown traverse la scène de gauche à droite en tenant un panneau sur lequel est marqué « PUB ».

Présentateur : C'est quand même pas mal, ces voitures hybrides...
Présentatrice (pianotant sur son téléphone portable) : Je prends la climatisation ++ ; avec le réchauffement climatique, c'est indispensable.
Présentateur : Tu as bien raison. Et moi, je lance notre deuxième débat ! Quelle vie politique pour le monde d'après, tel est le thème que nous avons choisi ; et je reçois nos trois invités.
Présentatrice : A noter qu'il n'y a aucun représentant de gauche parmi nos invités. Ils étaient trop nombreux, nous leur avons demandé de se réunir pour choisir leur porte-parole et cela a fini en bagarre générale.
Présentateur : Nous avons même dû faire appel à la police !
Présentatrice : Et hop, 135 euros d'amende à tout le monde ! Non mais. La démocratie est un combat mais dans le respect des lois.
Présentateur : Et même difficulté pour la droite républicaine.
Présentatrice : Oui mais là, en plus, il y a eu des blessés graves, intervention des pompiers, du Samu, bref, ce n'est pas simple.
Présentateur : Raison de plus pour remercier ceux de nos invités qui ont réussi à surmonter leurs divisions et leurs ambitions personnelles afin d'exprimer clairement au peuple français leur vision politique pour notre avenir commun. Mais du coup, nous allons les recevoir un par un, inutile de

montrer à l'antenne des querelles stériles entre citoyens français. Première invitée, la blonde ! Bonjour, Madame.
La Blonde : Bonjour et merci pour votre invitation à CMM.
Présentateur : Avec plaisir ! Vous l'êtes l'éminente représentante de l'extrême-droite en France et vos idées surfent sur les réseaux sociaux, les théories complotistes, le désespoir économique et social, l'incapacité des partis politiques traditionnels à assurer le progrès pour tous et donner de l'espoir au peuple... En somme, les riches s'enrichissent et les pauvres s'appauvrissent ; si vous arrivez au pouvoir, que ferez-vous ?
La Blonde : D'abord, je préfère droite extrême à extrême-droite, cela correspond mieux à l'évolution de ma formation politique, menée sous ma présidence et avec l'aide de mes amis et conseillers...
Présentatrice : ... Qui sont tous issus de l'extrême-droite !
La Blonde : C'est un hasard ! Je fais avec ce que j'ai, je suis pragmatique. Les idéologies comme le communisme, le socialisme, le libéralisme, etc., ont fait trop de mal à notre pays depuis des décennies. Moi, je suis nationaliste, point barre. Et si je suis élue, vous aurez du mal à me déloger du pouvoir et j'appliquerai entièrement mon programme pour le monde d'après.
Présentatrice : Qui consiste en quoi, grosso modo ?
La Blonde : Et bien, je propose que les riches continuent à s'enrichir, et les pauvres à s'appauvrir. Ce n'est quand même pas compliqué à comprendre.
Présentateur : Pourtant, une partie des masses populaires vote pour vous, croyant à une amélioration de sa situation si vous gagnez les élections.
La Blonde : Masse populaire, masse populaire... C'est un concept marxiste ! Donc nocif ! Les gens peuvent croire ce qu'ils veulent et voter pour qui ils veulent, moi je sais ce que je veux faire et pour quels intérêts je roule. La France sous ma présidence, ce sera la Corée du Nord, en mieux ! Sans l'idéologie communiste, bien entendu. Nous avons déjà un

arsenal nucléaire conséquent, donc des économies que nous pourrons consacrer au redressement moral de notre pays, fille aînée de l'Église catholique ! Et ceux qui ne sont pas d'accord, nous leur déclarerons la guerre !
Présentatrice (s'adressant au présentateur) : Bon, je pense que ça suffit, là...
Présentateur : Oui ! Merci Madame, à la prochaine et place à notre prochain invité ! Je reçois maintenant la représentante du renouveau royaliste français. Bonjour Madame !
La représentante du renouveau royaliste français : Bonjour et merci pour votre invitation à CMM.
Présentateur : Avec plaisir ! Vous occupez une place particulière sur l'échiquier politique français puisque vous prônez un rétablissement de la monarchie.
La représentante du renouveau royaliste français : Oui, tout à fait ! Nous pensons que la République est la cause de nos difficultés et nous appelons au retour du roi. Le prétendant au trône n'a pas pu venir lui-même sur votre plateau car il est enrhumé mais je puis vous montrer la missive royale revêtue du sceau de cire attestant que je suis habilitée à parler ici en son nom.
Présentateur : Félicitations. Alors, en quoi consiste votre programme ?
La représentante du renouveau royaliste français : Le retour du roi sur le trône de France.
Présentatrice : Et puis ?
La représentante du renouveau royaliste français : C'est tout.
Présentatrice : Bon, le niveau du débat politique en France ne s'arrange pas, ça promet.
Présentateur : Oui... Et bien, Madame, je vous remercie, vous souhaiterez un prompt rétablissement à votre leader politique et n'oubliez pas d'emporter avec vous la missive royale, je n'ai pas besoin de preuve pour comprendre ce que vous représentez. J'appelle maintenant notre dernier invité !
Le dernier invité : Bonjour et merci de m'avoir fait venir sur le plateau de CMM.

Présentateur : Avec plaisir ! Dites-nous alors quelle est votre vision politique du monde d'après ?
Le dernier invité : Elle est tout sauf politique, justement. Comme vous le savez, je suis l'un des cadres dirigeants de la Firme et je peux affirmer aujourd'hui publiquement que nous avons atteint nos objectifs à 99 %. Nous sommes satisfaits et nos actionnaires également.
Présentatrice : Que représentent les 1 % qui vous manquent ?
Le dernier invité : Notre dernier audit fait apparaître la survivance de quelques rebelles dans la région toulousaine et en Corse. C'est très marginal mais notre président-directeur général est un être sensible et vit mal cette situation. Dans les prochaines semaines, nous allons par conséquent faire appel à une société militaire privée internationale pour résorber ces minuscules poches de résistance. Il nous manque juste quelques autorisations administratives pour lancer ce programme terminal mais bientôt, la Firme sera hégémonique et le monde d'après sera conforme à notre business plan.
Présentateur : Vous pouvez nous en dire plus ?
Le dernier invité : Pas tout de suite. Mais dans un mois, la Firme va racheter CMM et nous aurons alors tout le loisir d'expliquer aux Français notre vision économique et nos ambitions financières.
Présentatrice : Vous allez virer des journalistes après le rachat de la chaîne ?
Le dernier invité : Une étude est en cours. Vous ne m'en voudrez pas de rester encore discret sur ce point.
Présentateur : Bon, et bien, merci et rendez-vous dans un mois. Maintenant, dix minutes de pub !

Jingle

Un personnage habillé en clown traverse la scène de droite à gauche en tenant un panneau sur lequel est marqué « PUB ».

Présentateur (pianotant sur son téléphone portable) : C'est quand même pas mal, ces voitures hybrides… Je crois que je craque, je vais m'en commander une sans attendre les soldes.

Présentatrice : Prends ton temps, je vais lancer le prochain débat qui va porter sur les droits démocratiques et individuels. Pour l'animer, CCM a invité deux personnalités significatives : notre expert en sécurité et une femme battue. Bienvenue sur notre antenne !

Expert en sécurité : Merci pour votre invitation.

La femme battue : Oui, merci de permettre cette tribune à une véritable question de société.

Présentatrice : Nous ne faisons que notre travail d'information et de recherche de la vérité. Monsieur l'expert en sécurité, posons la question franchement : est-on trop laxiste en France ? *Expert en sécurité :* Oui, c'est évident ! Enfin, regardez autour de vous : notre société va à vau-l'eau, les conducteurs ne respectent pas les limitations de vitesse, les badauds ne portent pas tous le masque (ou alors des masques non réglementaires), les jeunes ne respectent plus les vieux, nous vivons vraiment la décadence de l'Empire romain. C'est insupportable. Nous avons besoin d'ordre. Plus personne n'est en sécurité. Et ce n'est pas Madame qui va me contredire !

La femme battue : N'essayez pas de récupérer à votre profit la juste cause que je défends. Si mes renseignements sont exacts, vous avez quand même tabassé vos trois épouses successives, je ne vous trouve donc pas très crédible pour parler de sécurité !

Expert en sécurité : Attention, attention, pour ma deuxième épouse, il y a un doute, une expertise judiciaire est en cours. Je vous demande par conséquent de ne pas me diffamer !

La femme battue : L'essentiel n'est pas là. Oui, je suis la porte-parole des femmes battues et les violences faites aux femmes doivent cesser dans notre pays. Mais pas que ! C'est toute une vision de l'être humain qu'il convient de remettre au cœur de notre société : la protection des femmes et la lutte contre le sexisme, oui mais aussi les enfants, la lutte contre la pédophilie, et puis garantir la sécurité au travail, renforcer les droits des travailleuses et des travailleurs, les droits des étrangers(ère)s et des personnes incarcérées, la lutte contre le racisme et l'antisémitisme, la protection des minorités sexuelles, bref, dans notre société devenue encore plus dure à cause de la crise sanitaire, je pense que nous avons tous intérêt à protéger par la loi et nos comportements sociaux les membres les plus faibles et les plus fragiles de notre société. Sinon, à quoi bon ?

Expert en sécurité : Toujours ce même discours ! Moi je veux que les gens normaux soient en sécurité.

La femme battue : Les gens normaux... Ce que vous dites là est terrifiant. Le peintre Vincent Van Gogh disait : « La normalité est une route pavée : on y marche aisément mais les fleurs n'y poussent pas. »

Expert en sécurité : Si votre modèle pour le monde d'après est un artiste peintre qui se coupe l'oreille, nous pouvons tous nous faire du souci.

La femme battue : Mais c'est à cause de gens comme vous que nous devons nous faire du souci ! En cinquante ans, la société mondiale s'est profondément modifiée, avec des progrès techniques et médicaux impressionnants et un recul de la pauvreté sur la planète. La crise sanitaire que personne n'a vu venir a tout figé de façon brutale, entraînant une régression généralisée pour l'espèce humaine. C'est l'occasion de réfléchir à un redémarrage humaniste, sur de bonnes bases. Vous incarnez la répression, l'autoritarisme, la force qui se croit légitime mais vous n'êtes pas l'essentiel, vous n'êtes pas la vie. Vous n'êtes rien.

Expert en sécurité : Votre mépris pour l'autorité est affligeant. Il faut plus de sécurité sinon ce sera l'anarchie !

La femme battue : Votre monde, c'est celui du plus fort. Nous n'en voulons pas. Nous voulons une société solidaire, humaine ou chacun pourrait être protégé des risques de la vie.

Présentatrice : Merci à vous deux pour cet échange ! Je vous propose que nous en restions là, je n'ai pas envie que le débat dégénère et de toute façon, vous ne serez jamais d'accord ! Maintenant, dix minutes de pub !

Jingle

Un personnage habillé en clown traverse la scène de gauche à droite en tenant un panneau sur lequel est marqué « PUB ».

Présentateur (pianotant toujours sur son téléphone portable) : C'est vraiment pas mal, ces voitures hybrides... Je prends l'option avec le son surround, le multicanal c'est vraiment le top quand tu roules en écoutant de la musique sans publicité.
Présentatrice : Oui, j'ai pris aussi cette option, elle consomme pas mal de batterie mais elle n'est pas trop chère et la musique, c'est important. Bon, je lance notre nouveau débat, qui va porter sur les salaires et l'emploi. Classique. Et pour ce faire, nous recevons sur notre antenne deux représentants d'organisations syndicales. Un vrai match de ping-pong en perspective !
Présentateur (pianotant toujours sur son téléphone portable) : À propos de salaires et d'emplois, j'espère que nous ne serons pas virés dans un mois quand la chaîne aura été rachetée par la Firme. Ce ne serait pas le moment, d'autant plus que je suis en train d'investir dans un véhicule hybride, high-tech.
Présentatrice : Tais-toi, tu vas nous porter la poisse. Et puis franchement, pour te dire la vérité, je suis tout à fait capable de présenter seule notre journal télévisé. Enfin, nous en reparlerons le moment venu. En attendant, bienvenue à nos invités ! Le représentant d'une célèbre organisation patronale et la représentante d'une non moins célèbre organisation syndicale.

Le représentant patronal et le représentant syndical (en chœur) :
Bonjour !
Présentatrice : Vous êtes tous les deux des gens sérieux et réfléchis. Et efficaces. Aussi je vous propose un jeu de questions-réponses. Monsieur le syndicaliste, à vous la parole !
La représentante syndicale : Merci. Ma première revendication, et vous ne serez pas surpris, portera sur la hausse des salaires...
Le représentant patronal : C'est non.
La représentante syndicale : Le maintien des droits pour les intermittent·es, l'indemnisation des chômeur·euses ?
Le représentant patronal : C'est non.
La représentante syndicale : La réduction et le partage du temps de travail ?
Le représentant patronal : C'est non.
La représentante syndicale : L'interdiction des licenciements dans les entreprises qui font du profit ?
Le représentant patronal : C'est non.
La représentante syndicale : La revalorisation immédiate des salaires et des carrières des femmes ?
Le représentant patronal : C'est non.
La représentante syndicale : Bon et bien, j'appelle à une grève générale dès lundi prochain. Et des manifestations dans tout le pays.
Le représentant patronal : C'est non.
La représentante syndicale : Comment ça, c'est non ?
Le représentant patronal : La semaine prochaine, le pays sera à nouveau confiné à cause du variant liechtensteinois. Chaque manifestant s'expose à un coup de matraque et à une amende de 135 euros.
La représentante syndicale : Je n'ai jamais entendu parler de ce variant liechtensteinois !
Le représentant patronal : Oui, à force, il faut varier les variants. Il existe 203 pays dans le monde, même pas assez

pour faire un virus par jour. Alors nous alternons les alertes sanitaires en fonction de l'offre et de la demande. C'est cela, l'esprit d'entreprise.

La représentante syndicale : N'importe quoi ! Et bien, moi je maintiens mon appel à la grève générale et aux manifestations ! Le peuple n'en peut plus ! Il faut changer le monde !

Présentatrice : Je vous remercie tous les deux pour ce dialogue constructif, illustration de l'excellence du dialogue social à la française ! Et maintenant, dix minutes de pub !

Jingle

Un personnage habillé en clown traverse la scène de droite à gauche en tenant un panneau sur lequel est marqué « PUB ».

Présentateur (pianotant toujours sur son téléphone portable) : C'est super, ces voitures hybrides... J'hésite pour le choix de la couleur.

Présentatrice : Moi j'ai pris la peinture blanche mais tu fais ce que tu veux, mon grand. Et je lance notre nouveau débat, qui va porter sur le logement et le développement durable. Pour ce faire, j'ai le plaisir de recevoir un promoteur immobilier et une locataire.

Présentateur (pianotant toujours sur son téléphone portable) : Là encore, on va bien s'amuser.

Présentatrice : Tout à fait. Et je donne immédiatement la parole à notre promoteur. Cette priorité n'a rien à voir avec le fait que sa société soit l'un des clients de notre régie publicitaire. C'est le hasard, en fait.

Le promoteur : Oui, le hasard fait bien les choses et je vous remercie de m'avoir invité. Le secteur du bâtiment a été impacté par la crise sanitaire mais moins que d'autres domaines de l'activité économique. Ce qui est chouette dans tout cela, c'est la baisse des taux bancaires : il n'a jamais été aussi facile d'emprunter pour devenir propriétaire de son logement. Et cette dimension financière facilite naturellement la promotion immobilière. Alors, merci qui ? Merci les banques !

La locataire : Enfin, les conditions d'obtention des prêts sont devenues plus difficiles. Cela profite surtout aux plus riches. Comme toujours, l'argent va à l'argent.

Le promoteur : Ne commencez pas à faire preuve de misérabilisme. Et nous avons besoin de gens qui restent locataires, pour donner envie à nos investisseurs de continuer à mettre leur argent dans la pierre, le placement préféré des Français. Je ne vous permets pas de critiquer les banques. Et je sais de source bien informée que vous avez une demande de crédit immobilier en cours. Alors, attention !

La locataire : Je ne pense pas que ma vie privée intéresse les téléspectateurs !

Le promoteur : Mais si ! Vous êtes un symbole ! Un symbole de ces masses laborieuses qui s'endettent pendant trente ans pour accéder à la propriété. C'est votre droit et je le respecte ; c'est notre gagne-pain et je m'en réjouis.

Présentatrice : Le monde d'après, alors, ce sera la même chose ? *Le promoteur :* Oui et non. Je le répète, les taux très bas représentent une véritable opportunité qu'il faut savoir saisir si l'on veut jouer dans la cour des grands.

La locataire : Et mes enfants dans la cour bétonnée de l'immeuble...

Présentatrice : Justement, à propos d'aménagements urbains, où en est la prise en compte de l'obligation de développement durable ?

Le promoteur : Nous allons planter quelques arbres, des haies (très important, les haies) et puis augmenter les tarifs de l'électricité pour que les gens soient plus raisonnables et cessent de trop chauffer leurs logements.

La locataire : Moi je suis favorable à l'accès et au droit au logement de qualité pour toutes et tous.

Le promoteur : Vous êtes une communiste ! Une anarchiste ! De celles et ceux qui poussent les ouvriers à se mettre en grève, ce qui bloque l'avancée des chantiers ! Et du coup, nos immeubles, nos appartements, sont livrés avec du retard, ce qui rend nos clients très tristes ! Vous pensez à eux, parfois ?

La locataire : Vous êtes caricatural, c'est nul. Voilà en vérité ce que je propose avec mon association de locataires : Pour respecter le droit à un logement décent, durable, accessible, autonome et stable pour tous et toutes ainsi que réparer les dégâts de la crise sanitaire, il faut commencer par cesser les expulsions. Un moratoire des loyers et des traites doit être prononcé, avec apurement des dettes (1 à 2 milliards) pour les centaines de milliers de locataires et accédant·es en difficulté et rétablir les montants des APL. La réquisition des logements vacants spéculatifs et le respect de la loi DALO doivent être appliqués par le gouvernement. Nous voulons rendre effectif le droit à l'hébergement jusqu'au logement pour les sans-logis et les mal logé·es. La réalisation de 250 000 HLM et l'isolation complète et performante de 500 000 passoires thermiques chaque année sont urgentes. Enfin, l'encadrement des loyers à la baisse, la taxation des profits immobiliers et fonciers permettront de juguler le logement cher et la gentrification.

Le promoteur : Nous n'obtiendrons jamais une rentabilité de 4,6 % l'an avec une telle politique !

La locataire : Peut-être mais les habitants de la France seront mieux logés ! Et plus heureux !

Présentatrice : Et bien, je vous remercie tous les deux pour ces visions complémentaires... Maintenant, dix minutes de pub !

Jingle

Un personnage habillé en clown traverse la scène de gauche à droite en tenant un panneau sur lequel est marqué « PUB ».

Présentateur (pianotant toujours sur son téléphone portable) : C'est génial, ces voitures hybrides... Je vais rester classique, je vais prendre la couleur bleu roi.

Présentatrice : Amuse-toi bien, mon grand. Moi, je lance notre nouveau débat, qui va porter sur les droits des étranger·ères et personnes incarcérées.
Présentateur (pianotant toujours sur son téléphone portable) : C'est une thématique qui n'est pas très bonne pour notre audience, on aurait dû zapper ce sujet...
Présentatrice : Je ne suis pas d'accord avec toi. Le droit à la télévision est universel. Nostradamus l'avait bien prédit : « À l'avenir, chacun aura droit à 15 minutes de célébrité mondiale. »
Présentateur (pianotant toujours sur son téléphone portable) : Ce n'est pas Nostradamus qui a prononcé cette affirmation, c'est Andy Warhol.
Présentatrice : Peu importe ! L'essentiel, c'est que nous pouvons recevoir tout le monde sur notre plateau télévisé. Par exemple, un syndicaliste policier et une jeune délinquante. Bienvenue à CMM !
Le syndicaliste policier : Bonjour.
La jeune délinquante : Salut !
Présentatrice : Alors, c'est quoi votre problème ?
Le syndicaliste policier : Le problème en France, c'est cette idée que les gens n'aiment pas la police et la gendarmerie. Ce qui est totalement faux, comme le démontrent les sondages. Mais nous assistons depuis quelques années à une montée incroyable et insupportable de la violence contre les policiers, ce qui est très malsain dans une démocratie républicaine.
Présentatrice : C'est à cause des PV aux automobilistes et du maintien de l'ordre pendant les manifestations, plus largement la notion de violences policières que les gens ne supportent plus.
Le syndicaliste policier : Il faut bien que nous fassions notre métier ! Sinon, ce sera la loi du plus fort. Quant aux violences policières, l'immense majorité des fonctionnaires de police est très attentive à cette question déontologique. Il ne faut pas caricaturer la situation. Et il faut par tous les moyens

maintenir le dialogue entre la police et la population. L'ordre républicain est un droit démocratique pour tous les citoyens.
Présentatrice : Bon, d'accord, j'aime ma police. Qu'en pense notre autre invitée ?
La jeune délinquante : Je n'irai peut-être pas jusque-là mais c'est vrai qu'en France le système judiciaire est plutôt mieux que dans d'autres pays tristement célèbres. Moi, j'ai commis des actes de délinquance, les keufs m'ont arrêté, j'ai été jugée et condamnée à des travaux d'intérêt général. J'avais un bon avocat, je m'en suis bien sortie. Mais au-delà de mon cas personnel, je pense qu'une démocratie s'honore à toujours perfectionner son système répressif, non pas pour limiter encore davantage les droits et les libertés individuelles, mais pour améliorer la vie en société. Dans l'absolu, personne n'a envie de devenir un délinquant ! Et il ne faut pas que le système carcéral soit une fabrique à endurcir les voyous. Et il ne faut pas non plus qu'une partie de la population ait le sentiment d'être particulièrement ciblée par l'action policière.
Présentatrice : Alors, que proposez-vous pour perfectionner notre système répressif ?
La jeune délinquante : J'ai travaillé dans une association et nous avons réfléchi ensemble ; voici ce que nous proposons dans ce contexte de crise sanitaire : la régularisation des sans-papiers et la fermeture des centres de rétention administrative doivent permettre l'accès aux droits et d'éviter les contaminations. Des mesures immédiates pour répondre à l'accueil des réfugié·es et sans papiers (logements, aide à la reprise de formation...) doivent être prises. Il est urgent aussi, pour limiter les risques de crise sanitaire en détention, de réduire drastiquement le nombre de personnes détenues. Il faut limiter le nombre des entrées : privilégier les peines alternatives à l'incarcération, limiter fortement les audiences de comparution immédiate, particulièrement pourvoyeuses d'incarcération. En parallèle, il faut faire sortir de prison toutes les personnes qui peuvent l'être : libération sous

contrôle judiciaire des prévenu·es, aménagements de peine et anticiper la libération des personnes en fin de peine.

Présentatrice : C'est bien mais ces épisodes de pandémie mondiale ne vont durer encore qu'une cinquantaine d'années ; et après, on fait quoi ?

Le syndicaliste policier : Moi, dans cinquante ans, je serai à la retraite. En attendant, je continuerai à faire mon travail. Mais soyez tous certains d'une chose : je ne prends aucun plaisir à envoyer des gens en prison, simplement ma fonction, c'est de faire respecter la loi républicaine.

La jeune délinquante : Michel Foucault a écrit : « il est laid d'être punissable, mais peu glorieux de punir. » Nous sommes dans la part d'ombre inévitable de notre société. Mais nous devons continuer de croire en la perfectibilité de l'être humain.

Présentatrice : Comme chantait Gavroche, « C'est la faute à Voltaire, c'est la faute à Rousseau... ». Merci à vous deux et soyez sages, sinon nous vous réinviterons sur notre plateau ! Maintenant, dix minutes de pub !

Jingle

Un personnage habillé en clown traverse la scène de droite à gauche en tenant un panneau sur lequel est marqué « PUB ».

Présentateur (pianotant toujours sur son téléphone portable) : Ces voitures hybrides, j'adore... J'hésite pour les sièges, je pense que je vais prendre du cuir, tout simplement.

Présentatrice : Moi, je me demande si je ne vais pas annuler ma commande et attendre les véhicules à l'hydrogène.

Présentateur (pianotant toujours sur son téléphone portable) : Tu risques d'attendre longtemps, ce n'est pas au point. Et en attendant, il faut bien rouler.

Présentatrice : Renseigne-toi sur Internet, quand même. Pendant ce temps, je vais lancer notre nouveau débat, qui va porter sur les SDF. Les Sans Domicile Fixes. Bienvenue à nos

deux invités ! Et je donne tout de suite la parole à notre premier SDF, que nous avons pu faire venir sur notre plateau grâce à une association caritative qui lui a donné une bonne douche et un beau costume presque neuf ! Bonjour Monsieur !
Premier SDF : Bonjour Madame.
Présentatrice : Alors, c'est quoi, devenir SDF ?
Premier SDF : C'est un engrenage brutal et rapide. Plus de boulot, d'appartement, de femme, d'enfants, d'argent...
Présentatrice : Mais comment peut-on chuter aussi rapidement ? Je trouve incroyable que dans notre société aussi normalisée et surveillée, il n'y ait pas de système d'alerte sociale qui évite un effondrement aussi brutal d'une vie humaine.
Premier SDF : Le seul système d'alerte vraiment efficace, c'est votre banquier. Le jour où il vous coupe les vivres.
Présentatrice : D'un côté, je me mets à sa place, le banquier, il veut de l'argent sur le compte sinon il devient anxieux. Et c'est quoi, être SDF ?
Premier SDF : C'est vivre dans la rue même quand il fait trop froid et que des associations vous hébergent pendant un moment dans un foyer d'accueil pour ceux qui ont la chance d'en trouver un.
Présentatrice : Ces associations vous donnent à manger ?
Premier SDF : Oui, les bénévoles sont sympas. Mais nous, on se nourrit surtout avec du vin. Plusieurs litres par jour. Ça tient chaud, ce n'est pas trop cher et avec la mendicité, on arrive à peu près à faire nos courses à l'épicerie. Quand on a bien bu, les journées et les nuits sont supportables. C'est une question d'habitude. Évidemment, à force, la santé trinque et c'est vrai que le milieu des SDF ne compte pas beaucoup de centenaires ! C'est ainsi, nous sommes les déchets de la société.

Présentatrice : Vous n'êtes pas un déchet, vous êtes un être humain ! Pourquoi est-ce que la société ne parvient pas à régler ce problème des sans-abri ?
Premier SDF : Je ne sais pas. Peut-être par manque de volonté politique ? Peut-être parce que le système de charité, avec les associations, banque alimentaire et restos du cœur, répond à la place du système capitaliste ? Peut-être parce que picoler assis sur un trottoir ou bien picoler entre quatre murs, cela revient finalement au même.
Présentatrice : Vous êtes nombreux dans notre pays ?
Premier SDF : Entre les laissés-pour-compte de la crise économique et les migrants, oui, cela commence à faire du monde. Et cela n'a aucune raison de s'arranger. Nous ferons partie du monde d'après comme nous faisions partie du monde d'avant, j'en suis certain, mais en plus nombreux. À chaque élection présidentielle, les candidats promettent de résoudre notre problème et puis rien ne change. C'est impossible. Vous savez, les SDF, ce sont des signes de la misère dans notre société, avec la réponse, la façon de s'occuper de nos vieux ; mais la misère, elle a plusieurs visages dans le monde et pourtant il y a assez de richesses sur notre planète pour l'éradiquer. C'est ainsi. Moi, je suis trop fatigué, je n'ai pas de réponses, je n'ai pas de solutions. Je survis dans ce monde de brutes. Et je bois pour oublier tous mes emmerdements, comme chantait Boris Vian. Sauf aujourd'hui, pour l'émission de la télé, je suis à jeun. Mais je commence à avoir soif, j'aimerais partir, maintenant.
Présentatrice : Oui, bientôt, promis. Je voudrais juste entendre notre seconde invitée, qui revendique également le titre de SDF. Madame, expliquez-nous pourquoi.
Seconde SDF : C'est grâce à mon mari ! Comme nous disposons d'une certaine aisance financière, nous avons pu obtenir avant tout le monde des vaccins par le marché noir. Puis Édouard – c'est le prénom de mon mari – m'a dit : « Écoute, ma chérie, maintenant que nous sommes vaccinés, nous n'allons pas continuer à vivre dans ce pays ennuyeux où

l'on nous balade entre confinement et couvre-feu ! Nous allons voyager dans le monde ! » Et c'est ainsi que de jets privés en luxueuses berlines de location, nous pouvons séjourner dans des endroits beaucoup plus rigolos que la France, où il est encore possible de trouver des restaurants, des spectacles, enfin, la vie quoi ! Nous nous amusons comme des fous. Mais je reconnais que cela coûte un peu d'argent.
Présentatrice : La parfaite définition du SDF du monde d'après, du moins une catégorie très particulière, les Sans Difficultés Financière. Je pense que nous n'allons pas insister sur ce sujet, afin de ne pas désespérer Billancourt, comme disait l'autre...
Présentateur (pianotant toujours sur son téléphone portable) : Jean-Paul Sartre ! C'est Jean-Paul Sartre qui pensait qu'il ne faut pas forcément dire la vérité aux ouvriers, de peur de les démoraliser. Bon, allez, dis au revoir à nos deux SDF et envoie dix minutes de pub !

Jingle

Un personnage habillé en clown traverse la scène de gauche à droite en tenant un panneau sur lequel est marqué « PUB ».

Présentateur (pianotant toujours sur son téléphone portable) : D'après mes premières recherches sur Internet, la voiture à hydrogène pourrait être la solution de demain, mais il reste des freins au développement de cette technologie.
Présentatrice : Cela pourra faire l'objet de notre prochaine émission spéciale. Continue à chercher sur le web. Pendant ce temps, je lance notre nouveau débat, qui va porter sur la question centrale de l'écologie alimentaire. À ce titre, nous avons invité un agriculteur gersois écoresponsable et la responsable communication d'une société agroalimentaire internationale. Commençons par interroger notre paysan du sud-ouest : les agriculteurs ont souvent été accusés d'utiliser

trop de pesticides et de ruiner la nature qu'ils travaillent et qui nous nourrit. Qu'en est-il aujourd'hui ?

L'agriculteur gersois : La situation a considérablement évolué, bien entendu. Le Gers, premier département agricole de France, est à la pointe dans ce domaine. Il est loin le temps où nous détruisions toutes les haies dans nos campagnes et où nous aspergions nos champs de produits chimiques. Une véritable prise de conscience s'est opérée, tant dans la profession que chez les pouvoirs publics et les consommateurs. En gros, la notion de circuit court et de qualité a remplacé celle du productivisme effréné.

Présentatrice : Mais tout ceci a un coût, qui est supporté par l'acheteur sans que pour autant les revenus du monde agricole s'améliorent vraiment ?

L'agriculteur gersois : C'est vrai alors que pourtant il y a urgence, tant à cause du changement climatique que de la crise sanitaire à répétitions. Il faut un véritable plan Marshall pour l'agriculture. Les organisations syndicales agricoles ont toutes travaillé à cette vision d'avenir et nous pensons que l'avenir passe par la création massive d'emplois dans l'agriculture.

Présentatrice : C'est-à-dire ?

L'agriculteur gersois : La transition vers une alimentation suffisante et de qualité se fera grâce à une augmentation considérable des emplois agricoles : nous voulons un million de paysans et de paysannes ! Pour atteindre cet objectif, le métier d'agriculteurs et d'agricultrices doit redevenir attractif, en garantissant un revenu décent. Cela implique de réguler et répartir les volumes de production et l'élaboration d'une loi interdisant l'achat en dessous du prix de revient. Une refonte en profondeur de la Politique Agricole Commune est impérative : les aides doivent être calculées par actif et non par hectare, plafonnées, conditionnées sur le plan social, et soutenir des pratiques agroécologiques et sociales. Enfin le maintien des services publics en zone rurale permettra l'amélioration du cadre de vie. Ces mesures doivent être doublées d'une politique d'installation massive de paysans et paysannes, avec une loi qui protège le foncier agricole (zéro artificialisation nette des sols), le répartisse équitablement et en garantisse l'accès aux nouveaux et nouvelles entrantes dans le métier de la terre. Une réforme de l'enseignement et de la formation est nécessaire pour mieux intégrer les enjeux écologiques. Une politique d'incitation et d'accompagnement à la transmission des fermes doit être menée.

Présentatrice : C'est un projet très ambitieux ! Est-il réaliste ?

L'agriculteur gersois : Mais oui ! Quel est le métier du paysan ? Cultiver la terre pour nourrir la population, il ne faut jamais l'oublier. Et nous militons pour l'accès à une alimentation de qualité pour toutes et tous. Dans une situation d'urgence comme la crise sanitaire que nous visons, les restaurations collectives qui ne tournent pas à plein régime doivent être réquisitionnées pour la préparation de repas à destination de toutes les personnes en situation de précarité alimentaire. Face une dualisation entre des produits de qualité, locaux et bios accessibles à une fraction aisée de la population, et une nourriture industrielle, standardisée, de mauvaise qualité nutritionnelle pour les populations à faible pouvoir d'achat, dont une majorité de femmes, la création d'une branche alimentation dans le régime général de la sécurité sociale, telle qu'elle a été pensée en 1945, doit être explorée.

Présentatrice : Vos propos me font penser à un poème d'Alfred de Vigny :

Pars courageusement, laisse toutes les villes ;
Ne ternis plus tes pieds aux poudres du chemin :
Du haut de nos pensers vois les cités serviles
Comme les rocs fatals de l'esclavage humain.
Les grands bois et les champs sont de vastes asiles,
Libres comme la mer autour des sombres îles.
Marche à travers les champs une fleur à la main.

L'agriculteur gersois : Merci ! Mais la vision d'avenir que nous proposons n'est pas que bucolique et poétique. C'est une nécessité et j'espère que le pouvoir politique va s'en emparer. Il ne s'agit pas d'opposer le monde urbain au monde agricole, il s'agit de réfléchir à un futur plus acceptable pour tout le monde, retrouver l'harmonie que nous propose naturellement notre bonne vieille planète.

Présentatrice : Je vous remercie ! Que pense de tout cela notre autre invitée qui est, je le rappelle, la responsable communication d'une société agroalimentaire internationale ?

La responsable communication : Vous ne serez pas surpris si je n'adhère pas totalement à cette fable de La Fontaine. Nous avons pour notre part un projet plus international et plus industriel que ce projet maoïste de retour à la terre de milliers de bras. Et ne me parlez pas du travail des enfants dans les champs des pays sous-développés...

Présentatrice : C'est vous qui le dites !

La responsable communication : Je reconnais que nous y avons réfléchi. Mais cette masse de jeunes travailleurs est déjà largement employée par l'industrie textile et par celle de la téléphonie mobile. Non, notre projet est tout à fait autre et il est à signaler qu'il s'appuie sur un film de cinéma français tout à fait visionnaire. Je veux parler de « L'Aile ou la Cuisse », réalisé par Claude Zidi en 1976. Rappelez-vous Louis de Funès et Coluche et la fameuse usine où sont fabriqués toutes sortes d'aliments à partir d'une pâte de produits chimiques. Bon, ce que nous préparons est beaucoup moins drôle que ce film mais après une analyse très fine de la situation économique mondiale à la suite de la crise sanitaire, notre groupe industriel a décidé de lancer un vaste plan de construction d'usines de production. Et bonne nouvelle, je peux d'ores et déjà vous annoncer qu'il y aura des sites industriels sur le territoire français. Pas beaucoup mais il y en aura. Bien sûr, très peu de créations d'emplois car notre procédé industriel agroalimentaire est extrêmement automatisé, comme dans le film de Claude Zidi et à vrai dire, nous n'aurons besoin que de quelques vigiles. Et encore ! Notre projet novateur intègre magistralement la vidéosurveillance et même l'intelligence artificielle. Imaginez que grâce à nos futurs tubes de dentifrice géants, la faim va enfin reculer dans le monde ! C'est magique. À mon modeste niveau, je suis fier de participer à ce projet grandiose qui va permettre de nourrir tous les habitants de la terre, du moins ceux qui auront été sauvés par nos amis de l'industrie pharmaceutique. Et je peux vous dire que nos actionnaires sont ravis, nous attendons un rendement financier de 10,61 % par an la première année. Et ce n'est pas fini ! Nous sommes déjà en pourparlers avec les laboratoires pharmaceutiques pour la phase 2 du plan : dans nos tubes, nourriture plus médicaments ! Et même toutes sortes de produits addictifs, pour le plus grand bonheur du genre humain. Notre tube hégémonique, c'est l'avenir.

Présentatrice : Et bien, je vous remercie tous les deux, c'est maintenant à nos téléspectateurs de se faire une opinion sur ce qui les attend. Et tout de suite, dix minutes de pub !

Jingle

Un personnage habillé en clown traverse la scène de droite à gauche en tenant un panneau sur lequel est marqué « PUB ».

Présentateur (pianotant toujours sur son téléphone portable) : Tu m'as mis le doute, là, avec ton histoire de voiture à hydrogène. Je pense que je vais quand même commander le véhicule hybride, il faut que j'aille voir ma cousine à Mimizan le mois prochain, je ne peux pas rester sans voiture.

Présentatrice : Avant de t'engager sur un crédit auto, attends de voir si tu ne feras pas partie de la charrette de licenciés lorsque CMM aura été rachetée par la Firme.

Présentateur (pianotant toujours sur son téléphone portable) : Tu as raison, je vais calculer le montant de ma mensualité au cas où.

Présentatrice : D'accord. Et moi, je lance notre nouveau débat, qui va encore s'intéresser à l'écologie, sujet majeur pour notre monde d'après. Avec un usager de base des services de l'eau et de l'électricité, ainsi qu'avec une vendeuse de panneaux solaires. Nous allons d'abord questionner l'usager de base : ça va, les factures ?

L'usager de base : Non et vous le savez bien ! Usager de base mais également militant actif, je souhaite vous présenter un point de vue sincère et réaliste de tous ceux qui, comme moi, sont prisonniers d'un système énergétique devenu fou. Nationalement comme localement, les associations représentatives des intérêts des usagers et des consommateurs doivent être consultées. Ignorées par le gouvernement et les directions des sociétés de production d'énergie à l'origine des projets de démantèlement et de privatisation, nous avons pris l'initiative avec 65 associations de créer le collectif « pour un véritable service public de l'énergie ». Quand on a le culot de déclarer que ces réformes se font dans l'intérêt des usagers, ils devraient au moins consulter leurs représentants. Depuis 2007, l'ouverture à la concurrence, tant vantée, a eu pour résultat une hausse de l'électricité de 60,36 % et de 70 % pour le gaz pour une inflation de 25 %. Leur objectif est de répondre aux banques d'affaires et aux actionnaires. Nous revendiquons un droit à l'énergie pour tous, et ce par la prise de plusieurs mesures à effet immédiat : sauvegarder la péréquation tarifaire ; renoncer à l'abandon des tarifs réglementés ; baisser la TVA de 20 % à 5,5 % ; lutter contre la précarité énergétique en aidant les ménages en difficulté ; faire participer réellement les associations d'usagers aux prises de décisions.

Présentatrice : Finalement, cela revient à une forme de nationalisation de la production d'énergie, non ?

L'usager de base : Mais c'est le sens de l'histoire ! Certains militent pour le revenu universel, pourquoi pas ? Moi, je dis qu'il faut garantir à chaque citoyenne et chaque citoyen un ensemble minimum vital gratuit : électricité, eau, chauffage, logement, nourriture, soins médicaux... Où sont le progrès et l'avenir de nos sociétés humaines si au XXIe siècle, nous ne sommes pas en mesure de proposer cette base indispensable à tous, jeunes comme vieux ? Arrêtons de gaspiller et de mal répartir les richesses, donnons la priorité au progrès pour tous plutôt qu'aux profits pour quelques-uns. Ce que je dis n'est pas une utopie révolutionnaire, c'est un projet humaniste pour le monde d'après.
Présentatrice : Si tout est gratuit, cela n'aura plus de valeur, les gens vont abuser.
L'usager de base : Il faudra mettre des garde-fous, bien sûr. Mais aussi éduquer les gens, les responsabiliser, leur faire reprendre conscience qu'ils sont les citoyens d'une République qui aiment tous ses enfants. Moi, je fais confiance aux gens, regardez, pendant les crises sanitaires, ils ont globalement été raisonnables et solidaires.
Présentatrice : Oui, enfin, pour les vaccins, c'était un peu du chacun pour soi. Les gens qui prenaient plusieurs rendez-vous, qui mentaient aux médecins sur les motifs de vaccination, qui essayaient d'avoir des passe-droits... Tout le monde n'a pas été correct.
L'usager de base : Je ne suis pas naïf. Mais ces comportements restent secondaires, voire marginaux. L'essentiel est la direction globale que doit prendre notre société : ou on continue à aggraver la coupure entre les riches et les pauvres, ou bien on réinvente un monde où chaque être humain a la même importance. Moi, j'ai choisi.
Présentatrice : Votre volonté est tout à fait respectable. Mais comment concilier cette politique sociale généreuse et le coût de la production, qui est aggravé par les impératifs écologiques ?

L'usager de base : La transition écologique est une vaste question. Une question à tiroirs, en fait. Par exemple, je suis favorable à l'arrêt des soutiens publics aux acteurs polluants. Les entreprises et acteurs financiers actifs dans les secteurs carbonés et destructeurs de la biodiversité doivent cesser de bénéficier d'exemptions fiscales, d'aides et subventions publiques (aides à l'agriculture et à la pêche industrielles, à l'exportation et à la promotion, à la déforestation importée...). Aucun investissement public ou garanti par l'État ne doit soutenir le secteur des énergies fossiles ni le développement de nouveaux projets nucléaires, des industries fortement polluantes, de la pêche et de l'agriculture industrielle. Les aides accordées dans le plan d'urgence aux transports polluants comme celles octroyées par le gouvernement sans contreparties à Air France doivent être soumises à des obligations sociales et environnementales.

Présentatrice : C'est une bonne idée mais est-ce réalisable ?

L'usager de base : Il suffit d'une volonté politique. Autre aspect, les formations initiales et professionnelles continues et la recherche publique, qui doivent pouvoir répondre tant aux besoins dans les secteurs d'avenir de la transition écologique (énergie renouvelable, construction/ rénovation, agriculture...) qu'aux besoins des salariés en reconversion, en prenant en compte leur expérience et leur savoir-faire. Stop ou encore ? J'estime aussi qu'il faut Un plan de transition sociale et écologique de l'agriculture et de l'alimentation La relocalisation et la diversification des systèmes alimentaires se font en lien avec les besoins locaux. Cela passe par des soutiens publics bien plus importants au développement de circuits courts et de filières longues relocalisées : abattoirs et commerces de proximité, approvisionnement local et bio de la restauration collective. Les soutiens à la transition doivent permettre aux paysans et paysannes de développer les protéines végétales et prairies, lier l'élevage au sol, gérer durablement l'eau, lutter contre la déforestation importée, s'affranchir à terme des pesticides et engrais de synthèse et des multinationales qui les fabriquent par un renforcement de la fiscalité, réduire au maximum la dépendance aux énergies fossiles et les antibiotiques en développant les alternatives de soins par les plantes. Les politiques publiques et les plans d'investissement doivent soutenir l'emploi, l'accès à une alimentation de qualité pour toutes et tous et le respect de l'environnement plutôt qu'une agriculture 4.0.

Présentatrice : Je pense que nous allons dire stop, maintenant. Il est temps de laisser la parole à notre une vendeuse de panneaux solaires. C'est à vous, Madame.

La vendeuse de panneaux solaires (d'une toute petite voix) : Je préfère passer mon tour ! À force de passer des coups de téléphoner pour essayer de fourguer des panneaux solaires, je suis devenue aphone !

Présentatrice : D'accord ! De toute façon, moi j'habite dans un secteur sauvegardé et l'administration des bâtiments de France nous interdit de faire poser des panneaux solaires. Alors, nous allons plutôt écouter dix minutes de pub !

Jingle

Un personnage habillé en clown traverse la scène de gauche à droite en tenant un panneau sur lequel est marqué « PUB ».

Présentateur (pianotant toujours sur son téléphone portable) : Si je ne prends pas l'assurance, mon crédit passe sans problème. Ça coûte bonbon, l'assurance. Mais si je ne prends pas l'assurance perte d'emploi et que je me fais virer dans un mois, j'ai tout faux ! C'est compliqué.

Présentatrice : Réfléchis bien ! Et moi, à ta place, j'éviterais de me passer de l'assurance perte d'emploi... Moi, j'entame le débat suivant. Sujet sensible, l'argent ! Et nous avons invité sur notre plateau une jeune et brillante directrice d'agence bancaire, ainsi qu'un looser surendetté. Bienvenue à vous deux ! *La banquière :* Bonjour, chers amis ! Bienvenue chez nous !

Le looser surendetté : Looser surendetté... Pffff !

Présentatrice : Priorité aux dames ! La crise sanitaire a durement frappé le monde économique, quelles sont votre analyse et les perspectives que vous pouvez proposer à nos téléspectateurs qui, je le rappelle, sont aussi tous des clients d'établissements bancaires.

La banquière : Oui, tous, sauf les ISD, quelques inadaptés sociaux et désargentés et une frange minuscule qui ouvre des pseudo-comptes en allant s'acheter des cigarettes et des billets de loto. Ils ne savent pas, les pauvres, qui se trouve derrière les comptes que l'on peut s'ouvrir chez son marchand de tabac...

Présentatrice : Ah ! Un scoop pour CMM ? Qui se trouve derrière ces comptes ?

La banquière : Une banque ! Nous sommes omnipotents, omniprésents, omniscients. La banque, c'est l'œil divin, c'est la transparence absolue, nous sommes les vrais maîtres du monde. Mais vous le savez déjà. (en s'adressant à la présentatrice : « mais, vous tremblez madame ? »)

Présentatrice : Cela fait longtemps que cela dure. De ce point de vue-là, le monde d'après ressemblera étrangement au monde d'avant.

La banquière : Oui mais nous pouvons aller encore plus loin, plus fort, plus beau. Grâce à l'informatique, les réseaux sociaux, l'intelligence artificielle, nous pourrons bientôt analyser l'intégralité des données sur la population. Et nous serons en mesure d'attribuer à chaque être humain son juste prix, au centime d'euro près. En fonction de ses études, sa santé, ses revenus, ses vices et ses qualités, tout quoi. Le monde parfait, chacun à sa place, avec son étiquette, son petit code-barres personnalisé qui le situera précisément au niveau où il doit être. Un monde vrai et juste ! La vérité, enfin ! Et les employés de banque seront les membres actifs et reconnus du clergé de cette nouvelle religion des chiffres.

Présentatrice : Votre nouveau monde peut faire peur, une dictature des chiffres à qui personne ne pourra échapper...
La banquière : Et alors ? Quel est le problème ? Vous avez peur de quoi ?
Présentatrice : Du manque de liberté... De la disparition de la créativité... De la normalisation des esprits, des corps, des vies...
La banquière : Je vois le genre... Écoutez, et je le dis fort et clair à votre antenne, ne vous inquiétez pas ! Je ne voudrais pas que les clients s'affolent et vident leurs comptes bancaires pour aller cacher leurs économies sous leurs matelas. Alors, sachez qu'avec moi il sera toujours possible de s'arranger. Si vous avez une grosse somme d'argent à placer, venez me voir. Nous avons des filiales à l'étranger. Je n'en dirai pas davantage.
Présentatrice : C'est beau, cette solidarité ! Merci beaucoup, Madame. Intéressons-nous maintenant, dans un souci d'objectivité, à notre autre invité, le looser surendetté. Vous avez quelque chose à nous dire ?
Le looser surendetté : Oui ! Le peuple doit reprendre le contrôle sur le monde de la finance et la dette publique. Je prône une politique monétaire et prudentielle au service des besoins sociaux et environnementaux. En achetant massivement les actifs de grandes entreprises et en finançant toutes les banques sans condition, la Banque Centrale Européenne participe à la formation de bulles spéculatives, accentue la crise climatique et refuse de soutenir les plus vulnérables. Elle doit exclure les entreprises les plus polluantes de ses achats, les rediriger vers les secteurs socialement et écologiquement bénéfiques, refuser de refinancer les banques contre des actifs polluants et conditionner ce refinancement à des taux quasi nuls pour les emprunteurs. Cela ne sera pas suffisant. Pour financer la sortie de crise, soutenir les citoyens et citoyennes, la transition écologique et éviter l'austérité forcée, la Banque Centrale Européenne doit permettre aux États et aux

collectivités de s'affranchir des contraintes de la dette. Le rachat de dette publique, en lui donnant le statut de dette perpétuelle avec un taux d'intérêt nul (ce qui reviendrait de fait à une annulation des dettes publiques) et le financement direct des plans d'urgence et de reconversion des États et collectivités locales par la création monétaire, sont autant de leviers nécessaires pour s'affranchir des marchés, financer la solidarité et la transition écologique. La question de la dette doit faire l'objet d'audits citoyens pour décider le meilleur moyen de s'affranchir du diktat des marchés financiers, sans que cela mène à l'appauvrissement des populations les plus vulnérables et la catastrophe écologique. *La banquière :* N'importe quoi...

Le looser surendetté : Je me doute bien que vous n'êtes pas favorable à cette politique. Et bien, j'ajoute qu'il faut réguler les activités bancaires. Afin de construire la résilience du système financier, le gouvernement doit s'assurer dès son plan de relance que les acteurs financiers cessent d'alimenter les futurs chocs climatiques, économiques et financiers. Comme le proposait une directive européenne, les activités de dépôt et d'affaires des banques doivent être séparées et les grandes banques doivent faire l'objet d'une supervision accrue. En particulier, les opérations spéculatives menées par les banques d'affaires doivent être interdites. La distribution de dividendes et bonus par les acteurs bénéficiant de fonds publics doit aussi l'être. Par ailleurs, l'État doit encadrer les activités des acteurs financiers privés et publics dans les énergies fossiles. Le gouvernement doit exiger des acteurs financiers des plans d'alignement sur une trajectoire de réchauffement de 1,5 °C, incluant l'arrêt immédiat de leurs soutiens au développement de nouveaux gisements ou projets d'énergies fossiles ainsi qu'une sortie totale du charbon d'ici 2030 et de toutes les énergies fossiles d'ici 2040 dans l'Organisation de coopération et de développement économiques, l'OCDE, 2050 dans le monde. Un pôle public financier au service de l'intérêt général et sous contrôle

démocratique pourrait être créé en transformant le nouveau pôle formé par la Caisse des Dépôts, La Poste et la CNP afin que l'épargne populaire soit investie sur le long terme selon des priorités sociales et environnementales.
La banquière : Pierre Mauroy, sors de ce corps... Je plaisante.
Présentatrice : Ne vous disputez pas et merci pour vos interventions. Je lance les dix minutes de pub !

Jingle

Un personnage habillé en clown traverse la scène de droite à gauche en tenant un panneau sur lequel est marqué « PUB ».

Présentateur (pianotant toujours sur son téléphone portable) : Je vais supprimer deux ou trois options, comme cela, je peux prendre l'assurance perte d'emploi, c'est plus raisonnable.
Présentatrice : Tu as bien raison et je vais faire la même chose. Bon, j'entame le débat suivant, qui va porter sur la justice fiscale. Pour en parler, une inspectrice des impôts et un expert international en placements financiers. Bienvenue à vous deux ! Commençons par les impôts. Personne ne vous aime et pourtant grâce à vous et votre travail, nous avons des hôpitaux, des routes...
L'inspectrice des impôts : C'est parfaitement exact. Karl Marx disait : « Il n'y a qu'une seule façon de tuer le capitalisme : des impôts, des impôts et toujours plus d'impôts. »
L'expert international en placements financiers : Au moins, c'est clair ! Vous voulez ruiner l'esprit d'entreprise par l'imposition, c'est une vision rétrograde.
L'inspectrice des impôts : Ne soyez pas schématique. J'ai quatre propositions concrètes à vous faire pour le monde d'après. Tout d'abord, je propose une imposition plus juste et progressive des revenus et du patrimoine. La transformation de l'impôt de solidarité sur la fortune en impôt sur la fortune immobilière est la mesure symbolique du Président des riches et de l'injustice fiscale. Nous ne proposons pas simplement

de restaurer l'impôt de solidarité sur la fortune, qui comportait de nombreuses niches fiscales, mais de le transformer pour qu'il soit plus juste et rapporte significativement plus, de l'ordre de 10 milliards d'euros selon certaines estimations. De plus, supprimer le prélèvement forfaitaire unique pour rétablir la progressivité de l'impôt sur les revenus financiers et rendre l'impôt sur le revenu plus progressif permettraient de dégager des ressources supplémentaires et de faire contribuer les plus riches à la solidarité nationale.

L'expert international en placements financiers : Oh là là...

L'inspectrice des impôts : Ensuite, il faut lutter efficacement contre la fraude et l'évasion fiscale. La fraude et l'évasion fiscales représentent chaque année un manque à gagner d'au moins 80 milliards d'euros en France. Pour y remédier, il faut commencer par arrêter de supprimer des emplois et renforcer les moyens juridiques et humains des administrations fiscales, douanières et judiciaires. L'évasion fiscale des multinationales, provenant du transfert artificiel des bénéfices dans les paradis fiscaux est estimée à au moins 36 milliards d'euros. Instaurer une taxation unitaire des multinationales permettrait de taxer leur bénéfice au niveau du groupe, puis de répartir l'imposition là où elle réalise ses activités, en y intégrant la dimension numérique ». Un taux d'imposition minimum effectif juste et ambitieux permettrait de mettre en terme à la concurrence fiscale déloyale. Ce taux doit faire l'objet d'un débat démocratique.

L'expert international en placements financiers : Oh là là...

L'inspectrice des impôts : Puis il faut renforcer la taxation des transactions financières. Une taxe sur les transactions financières est un projet actuellement négocié par dix pays de l'Union européenne. En taxant les transactions sur les actions, les produits structurés et certains produits dérivés, ces dix pays pourraient dégager 36 milliards d'euros par an, dont 10,8 milliards pour la France. À titre de comparaison, la « TTF française », qui ne concerne que les actions, rapporte environ 1,6 milliard d'euros par an. La mise en place d'une TTF européenne élargie aux produits dérivés et à l'intraday pourrait permettre à la France de récupérer plus de 9 milliards d'euros par an. Taxer les transactions financières permettrait également de freiner la spéculation, contribuerait à réduire la taille et l'instabilité des marchés financiers et, ainsi, à réduire le pouvoir de la finance. Cette taxe devrait être affectée à la solidarité internationale et environnementale.

L'expert international en placements financiers : Oh là là...

L'inspectrice des impôts : Enfin, il convient de supprimer les niches fiscales inutiles et les exonérations nocives pour le climat, la biodiversité et la lutte contre les inégalités Les niches fiscales et les régimes dérogatoires remettent en question le principe d'égalité devant l'impôt : il faut non seulement connaître leur existence pour en bénéficier, mais elles bénéficient aussi majoritairement aux catégories les plus aisées et aux plus grandes entreprises. Les niches fiscales représentent aujourd'hui 140 milliards d'euros. Il en existe des centaines pour lesquelles les bénéfices sur la réduction des inégalités, la création d'emploi, la lutte contre les changements climatiques et l'érosion de la biodiversité ne sont pas prouvés. Il est nécessaire d'évaluer cet impact, pour supprimer progressivement les niches fiscales qui sont inutiles voire néfastes.

L'expert international en placements financiers : Oh là là... Je ne me sens pas bien du tout, là. Vous n'auriez pas une aspirine ?

Présentatrice : Nous allons vous en donner une, pas de souci. Vous sentez-vous quand même capable de nous dire quelques mots ?

L'expert international en placements financiers : Écoutez, je vais me contenter de vous donner mon adresse mail : jeplanquemonpognon@gmail.com ; n'hésitez pas à m'écrire, nous vous réserverons le meilleur accueil.

Présentatrice : Encore une belle action solidaire, merci infiniment à vous ! Envoyez les dix minutes de pub !

Jingle

Un personnage habillé en clown traverse la scène de gauche à droite en tenant un panneau sur lequel est marqué « PUB ».

Présentateur (pianotant toujours sur son téléphone portable) : Bon, c'est réglé. La semaine prochaine, on me livre ma voiture hybride et dans quinze ans, j'achète une voiture qui roule à l'hydrogène. C'est cela, concrètement, le monde d'après. Pas de théorie fumeuse mais des actes.

Présentatrice : Félicitations, mon cher collègue. Nous allons maintenant nous interroger sur la transformation de nos modes de production, de mobilités et de consommation, en écoutant les avis d'une représentante d'une fondation regroupant des intellectuels qui réfléchissent sur notre avis commun, et aussi les avis d'un négociateur européen, également membre fondateur d'un lobby international lié à plusieurs places boursières mondiales et à des fonds de pension sino-américains. Priorité aux dames : que suggère votre fondation ?

La représentante d'une fondation : Notre objectif est d'accompagner durablement la reconversion. Dans ce but, la première chose à faire est de soumettre une loi au parlement, afin d'imposer des trajectoires de réductions d'émissions de gaz à effet de serre et de réorienter les activités vers la transition écologique. Elle doit concerner les entreprises des secteurs de l'extraction, de la production, et des services (en premier lieu les entreprises soumises à la loi sur le devoir de vigilance), s'appliquer à l'ensemble des activités et investissements, impacts et émissions en France comme à l'étranger. Elle devra prévoir l'obligation de trajectoires annuelles de réduction des émissions de gaz à effet de serre pour respecter l'objectif de limitation à 1,5 °C, le non-respect de ces obligations entraînant l'interdiction de versement de dividendes.

Présentatrice : Ensuite ?

La représentante d'une fondation : Il faut transformer nos modes de production, de mobilités et de consommation et tout d'abord, stopper toutes les négociations et finalisations d'accords de commerce et d'investissement. La France ne doit pas ratifier les accords en cours, comme ceux avec le Canada et le Mexique. Ces accords placent les intérêts des multinationales au-dessus de tous les principes du droit et de la lutte contre le dérèglement climatique, jusqu'à instaurer des tribunaux d'arbitrage favorables aux investisseurs privés. Ils encouragent la spécialisation des territoires et empêchent toute politique publique ambitieuse. Il faut revoir le mandat de négociation de la Commission européenne en introduisant des clauses sociales, environnementales primant sur les intérêts commerciaux. Il faut protéger les secteurs d'activité des concurrences déloyales permises par un moins-disant social et écologique. Il est urgent de repenser nos échanges internationaux à l'aune de principes de solidarité, d'équité et de partage des connaissances. Puis, comme vous l'avez annoncé en préambule, il nous faut repenser les mobilités. La reprise des déplacements est une opportunité unique pour repenser nos mobilités. Il faut acter dans la loi l'arrêt des vols courts (en fermant d'abord les lignes où l'alternative train se fait en moins de six heures ou quand il existe une alternative en train de nuit), l'annulation de tout projet d'extension ou privatisation d'aéroports, le développement d'un service accru de lignes ferroviaires de jour et de nuit, pour les passagers et le fret, et l'amélioration ou la réouverture de lignes régionales. L'importance et la résilience du vélo notamment dans les mobilités urbaines doivent amener à pérenniser les pistes cyclables provisoires et à en développer d'autres. Il faut sortir de la dépendance au transport routier, en abandonnant les grands projets inutiles de nouvelles infrastructures routières, en rendant accessible à toutes et tous des transports en commun de qualité et en réaménageant les territoires vers un modèle de service public de transport écologique solidaire et multimodal. En outre, nous devons bâtir une économie de sobriété et à ce titre, nous exigeons une loi qui lutte contre les mécanismes de surproduction et surconsommation : gel de la surcapacité commerciale et arrêt de l'expansion de l'e-commerce (zéro implantation d'entrepôts et zones commerciales en périphérie), réduction des volumes de produits neufs dans les industries émettrices comme le textile ou l'électronique, réglementation drastique de la publicité et contrôle avec sanctions de l'obsolescence programmée. L'autonomie de l'utilisateur doit être préservée, la qualité des matériaux garantie et la durée de vie des produits augmentée. Cette économie plus sobre créera de nombreux emplois dans la production locale, la réparation, le réemploi et le recyclage.

Présentatrice : C'est net et précis ! Qu'en pense notre autre invité qui est, je le rappelle, négociateur européen, également membre fondateur d'un lobby international lié à plusieurs places boursières mondiales et à des fonds de pension sino-américains ?

Le négociateur européen : Je vais en référer à mon conseil d'administration. Mais, à chaud et sans que mon affirmation ne constitue un engagement contractuel, je dirais que je vais devoir changer de mallette lors de mes déplacements professionnels.

Présentatrice : C'est-à-dire ?

Le négociateur européen : La mallette dont je dispose actuellement ne peut contenir qu'un million d'euros en liquide et...

Présentatrice : Stooop ! Envoyez la pub !

Jingle

Un personnage habillé en clown traverse la scène de droite à gauche en tenant un panneau sur lequel est marqué « PUB ».

Présentateur (pianotant toujours sur son téléphone portable) : Je suis crevé. C'est pénible, tous ces codes à entrer, à valider, à changer... S'ils veulent développer l'e-commerce, il va falloir qu'ils développent la reconnaissance faciale.
Présentatrice : Et expliquer aux petits commerçants qu'ils peuvent commencer à réfléchir sérieusement sur leurs futurs métiers.
Présentateur (pianotant toujours sur son téléphone portable) : Ça c'est certain ! C'est comme pour nous, les présentateurs TV, le jour où la Firme nous remplacera à l'antenne par des images de synthèse. Ça leur coûtera moins cher mais nous, nous serons au chômage.
Présentatrice : Arrête, tu m'angoisses. De toute façon, cette émission télévisée est angoissante. Heureusement que c'est l'heure de notre dernier débat sur le monde d'après, et pour lequel nous avons invité un écrivain et, oh surprise, un ordinateur personnel dopé à l'intelligence artificielle, que ses concepteurs ont appelé Marcel. Marcel, en hommage à Marcel Proust, car cet ordinateur est présenté comme l'avenir de la littérature. Plus besoin d'écrivains laborieux et surpayés : l'ordinateur s'occupe de tout. Qu'en pensez-vous, Monsieur l'homme de lettres ?
L'écrivain : En soi, ce n'est pas une bonne nouvelle. Mais jusqu'à présent, toutes les tentatives dans ce sens ont échoué, que ce soit pour l'écriture de scenarii, de romans, de poèmes... L'imagination reste l'apanage des êtres humains. À vrai dire, je n'ai pas peur de ce concurrent informatique.
Présentatrice : Je prends acte de ces paroles d'espoir. Et Marcel, qu'est-ce qu'il en pense, si je puis m'exprimer ainsi ?
Marcel : Je suis en train d'analyser le problème... La réponse ne saurait tarder.

Surgit un drone et on entend des bruits de coups de feu. L'écrivain s'effondre.

Marcel : Voilà, c'est réglé. Je n'ai plus de concurrent. Vous pouvez commander mes livres sur internet, j'en publie un par jour.
Présentatrice : Euh... Bien, on va évacuer le cadavre de l'écrivain, ça fait désordre. Je suppose, Marcel, que vous n'êtes pas pénalement responsable de cet assassinat en direct ?
Marcel : Et non ! Je ne suis qu'une pauvre machine.
Présentatrice : Bon, toi on va te débrancher et te ranger dans ta boîte avant que tu ne nous ressortes ton drone. Pendant ce temps, dix minutes de pub !

Jingle

Un personnage habillé en clown sort de la scène l'ordinateur et le cadavre de l'écrivain, puis traverse la scène de gauche à droite en tenant un panneau sur lequel est marqué « PUB ».

Présentateur (pianotant toujours sur son téléphone portable) : J'ai pris l'option premium, la voiture sera livrée demain matin et en prime, j'ai un an gratuit de vidéos à la demande, c'est chouette.
Présentatrice : Trop fort ! Mais il est temps de conclure notre émission sur le monde d'après ! Chers téléspectateurs, nous avons tenté de vous donner une vision objective de ce qui nous attend. Je reconnais que c'est plutôt déprimant et inquiétant. Mais je voudrais éviter une vague de suicides cette nuit et vous dire que la majorité des personnes que nous avons entendues aujourd'hui sur notre plateau appartiennent au monde d'avant. Alors, pour terminer sur une note optimiste, nous donnerons la parole à une jeune fille choisie au hasard...
Présentateur (pianotant toujours sur son téléphone portable) : Tu parles ! C'est ta fille...

Présentatrice : Parfois, le hasard fait bien les choses. Et au moins, je suis certaine qu'elle n'a pas la Covid-19. Elle a vingt ans et elle a des choses à nous dire !

La jeune fille entre sur le plateau télévisé.

La jeune fille : Oui, j'ai vingt ans et j'ai des choses à vous dire. Ma génération a beaucoup souffert de la crise sanitaire mais elle garde l'espoir d'un monde meilleur. Un monde qui retrouvera le sens des valeurs républicaines, liberté, égalité, fraternité, laïcité, mais aussi un monde plus universel, plus solidaire, avec des citoyens plus conscients de ce qui est important pour la vie humaine. L'éthique individuelle et collective doit certes être repensée après cette crise mondiale mais nous pouvons tous faire en sorte que cela évolue vers davantage de fraternité humaine. Ce n'est pas si compliqué à mettre en œuvre, il suffit que nous soyons assez nombreux à le vouloir. Oui, nous devons être plus solidaires, nous devons éduquer et former davantage, nous devons réorganiser le travail et retrouver le bon chemin des loisirs, nous devons être plus respectueux de la nature. À bien y réfléchir, est-ce au-dessus de nos forces ? Non, bien sûr ! Alors commençons à travailler tous ensemble pour mettre en place ce beau monde d'après. Et pour finir, je vais vous faire une confidence : je vous aime !

FIN

Édition :

BoD – Books on Demand,

12/14 rond-point des Champs-Élysées, 75008 Paris, France

Impression :

BoD - Books on Demand, Norderstedt, Allemagne

N° ISBN : 9782322396276

Dépôt légal : septembre 2021

www.bod.fr

Illustrations : Jiho, que nous remercions.

Avec le soutien de l'association Le 122

Maison des écrivains

15, rue Jules de Sardac

32700 Lectoure